I0551372

CANTIQUES

POUR

LE CATHÉCHISME.

CLERMONT-FERRAND,

A LA LIBRAIRIE CATHOLIQUE,

Rue du Terrail.

1849.

CANTIQUES
POUR
LE CATÉCHISME.

N° 1.

Chère jeunesse, en qui, pour l'harmonie,
L'on voit fleurir le goût et les talents,
Que la sagesse, à vos accords unie,
Vous fasse fuir les profanes accents. *bis.*

A qui doit-on consacrer le bel âge,
La douce voix, les sons mélodieux ?
C'est au Seigneur qu'en appartient l'usage ;
Il est l'auteur de ces dons précieux. *bis.*

Loin, loin de vous ces chants de la licence !
Prêter sa voix à de coupables airs,
Serait du ciel provoquer la vengeance,
Et de l'impie imiter les concerts. *bis.*

De la vertu chantez plutôt les charmes ;
Vos anges saints s'uniront à vos voix,
Et les pécheurs, les yeux remplis de larmes,
Viendront aussi se ranger sous ses lois. *bis.*

Sainte pudeur, ornement de la vie,
Tous les mortels te doivent leur encens.
Si Babylone et t'outrage et t'oublie,
Rien ne pourra te bannir de nos chants. *bis.*

Encor captifs, exilés sur la terre,
Joignons nos chants aux chants des bienheureux :
C'est préluder, dans ce lieu de misère,
Au saint emploi qui nous attend aux cieux. *bis.*

N° 2.

Salut, aimable et cher asile,
Où Dieu même instruit ses enfants,
Où des beautés de l'Evangile
Il charme leurs cœurs innocents. *bis.*

Ici la foi de ses nuages
Semble à nos yeux se dégager ;
Ici nos cœurs sont moins volages,
Et le saint joug est plus léger.　*bis.*

Ici, par sa force secrète,
L'exemple soutient nos travaux.
Tels résistent à la tempête,
En s'unissant aux arbrisseaux.　*bis.*

Dans ton sein, ô doux sanctuaire !
Pour moi le ciel a plus d'attraits ;
Plus vive y monte ma prière,
Plus prompts descendent ses bienfaits.　*bis.*

Rassemble et la mère et la fille ;
Qu'ici commence le long jour
Où des saints l'heureuse famille
Vivra, Seigneur, de ton amour.　*bis.*

Nᵒ 3.

Age pur, aimable saison,
Douces prémices de la vie,
Où l'innocence et la raison
Offrent un sort digne d'envie,
Heureux qui voit couler en paix
Vos heures, vos jours sans nuage,
Donnant au Dieu qui nous a faits
Tous les instants de ce bel âge !　*bis.*

Jeunes enfants, votre Sauveur
Vous a choisis par préférence ;
Il chérit en vous la candeur
Et la pureté de l'enfance :
Puissiez-vous sentir ce bonheur,
Et goûter pour lui, sans partage,
Tous les transports d'une ferveur
Qui croisse avec vous d'âge en âge !　*bis.*

Venez au pied du saint autel,
A lui seul consacrer vos âmes ;
A ce bienfaiteur immortel
Portez le tribut de vos flammes.

Oh ! si vous êtes innocents,
Il vous tient ce tendre langage :
« Laissez-moi venir ces enfants ;
» Mon royaume est fait pour cet âge. »   *bis.*

Aimer le monde et ses plaisirs,
C'est un désordre, une folie ;
Suivre ses coupables désirs,
C'est trop ressembler à l'impie ;
Mais payer d'un juste retour
Un Dieu dont nous sommes l'image,
Et lui rendre amour pour amour,
C'est le triomphe de notre âge.   *bis.*

Bienheureux qui peut vous aimer
D'un amour constant et solide !
Eh ! quel autre objet peut charmer
Une âme de vrais biens avide ?
Quand viendra ce bien souhaité,
Le terme de ce court voyage,
Où l'amour, dans l'éternité,
N'aura plus à redouter l'âge ?   *bis.*

Ici-bas de l'amour divin
On peut bien éprouver les charmes ;
Mais les dangers du cœur humain
Offrent sans cesse des alarmes.
De ce monde tel est le cours,
Qu'on craint à tout pas le naufrage,
Et de voir périr pour toujours
L'innocence du premier âge.   *bis.*

Monde, par la foi combattu,
Tu voudrais en vain me séduire ;
Les saints attraits de la vertu
A nos yeux viennent de reluire :
Tu n'enseignes que vanité,
Tu ne connais que l'esclavage :
Nous détestons la volupté
D'un monde funeste à notre âge.   *bis.*

Seigneur, si jamais les penchants
De notre inconstante nature
Allaient vous ravir notre encens,
Pour l'offrir à la créature ;

Hélas ! si nous devons périr,
Du vice éprouvant le ravage,
Retranchez pour nous l'avenir,
En coupant le fil de notre âge.   *bis.*

N° 4.

Esprit Saint, descendez en nous ;   *bis.*
Embrasez notre cœur de vos feux les plus doux.
Esprit saint, etc.

Sans vous, notre vaine prudence
Ne peut, hélas ! que s'égarer.
Ah ! dissipez notre ignorance,   *bis.*
Esprit d'intelligence,
Venez nous éclairer.
Esprit saint, etc.

Le noir enfer, pour nous livrer la guerre,
Se réunit au monde séducteur ;
Tout est pour nous embûches sur la terre ;
Soyez, soyez notre libérateur.   *bis.*
Esprit saint, etc.

Enseignez-nous la divine sagesse ;
Seule, elle peut nous conduire au bonheur :
Dans ses sentiers qu'heureuse est la jeunesse,
Qu'heureuse est la vieillesse !
Esprit saint, etc.

N° 5.

Que Jésus est un bon maître !
Et qu'il est doux de l'aimer !
Bienheureux qui sait connaître
Combien il peut nous charmer !

REFRAIN. Divin Sauveur !
Beauté suprême !
Oui, je vous aime,
Divin Sauveur !

Je vous aime, je vous aime
   De tout mon cœur,
   De tout mon cœur.

  Mettons-nous sous son empire,
Soyons à lui pour jamais,
Et que notre âme n'aspire
Qu'à goûter ses saints attraits.
   Divin, etc.

  Sans Jésus rien ne peut plaire;
Tout est dur, tout est amer,
Tout est disgrâce, misère,
Désespoir, tourment, enfer.
   Divin, etc.

  Avec lui tout est délices,
Tout est source de douceur,
Tout est avant-goût, prémices
Du séjour de son bonheur.
   Divin, etc.

  Avec lui, de l'indigence
L'on ne craint point les rigueurs :
Avec lui, de l'opulence
On dédaigne les faveurs.
   Divin, etc.

  De l'amour dont Jésus aime
Rien ne peut rompre le cours;
Et l'instant de la mort même
L'unit à nous pour toujours.
   Divin, etc.

N° 6.

  Goûtez, âmes ferventes,
Goûtez votre bonheur;
Mais demeurez constantes
Dans votre sainte ardeur.

CHŒUR.

Heureux le cœur fidèle
Où règne la ferveur !
On possède avec elle
Tous les dons du Seigneur.

Elle est le vrai partage
Et le sceau des élus ;
Elle est l'appui, le gage,
Et l'âme des vertus.
    Heureux, etc.

Par elle, la foi vive
S'allume dans les cœurs,
Et sa lumière active
Guide et règle nos mœurs.
    Heureux, etc.

Par elle l'espérance
Ranime ses soupirs,
Et croit jouir d'avance
Des célestes plaisirs.
    Heureux, etc.

Par elle, dans les âmes
S'accroît de jour en jour
L'activité des flammes
Du pur et saint amour.
    Heureux, etc.

C'est elle qui de l'âme
Dévoile la grandeur,
Et le zèle s'enflamme
Par sa vive chaleur.
    Heureux, etc.

De l'âme pénitente
Elle adoucit les pleurs,
Et de l'âme souffrante
Elle éteint les douleurs.
    Heureux, etc.

Celui qui fut docile
A vivre sous ses lois,
Courut d'un pas agile
La route de la croix.
    Heureux, etc.

Sous ses heureux auspices,
On goûte les bienfaits,
Les charmes, les délices
De la plus douce paix.
    Heureux, etc.

Mais sans sa vive flamme
Tout déplaît, tout languit;
Et la beauté de l'âme
Se fane et dépérit.
    Heureux, eic.

N° 7.

Sainte cité, demeure permanente,
Sacré palais qu'habite le grand Roi,
Où doit un jour régner l'âme innocente;
Quoi de plus doux que de penser à toi?

    O ma patrie!
    O mon bonheur!
    Toute ma vie   } *bis.*
Sois le vœu de mon cœur.

Dans tes parvis, au sein de l'allégresse,
Coule un torrent des plus chastes plaisirs;
On ne ressent ni peines ni tristesse,
On ne connaît ni plaintes ni soupirs.
    O ma patrie! etc.

Tes habitants ne craignent plus d'orage;
Ils sont au port, ils y sont pour jamais;
Un calme entier devient leur doux partage;
Dieu dans leur cœur verse un fleuve de paix.
    O ma patrie! etc.

De quel éclat ce Dieu les environne!
Ah! je les vois tout brillants de clarté!

Rien ne saurait plus flétrir leur couronne;
Leur vêtement est l'immortalité.
> O ma patrie! etc.

Beauté divine, ô beauté ravissante!
Tu fais l'objet du suprême bonheur:
Oh! quand naîtra cette aurore brillante
Où nous pourrons contempler ta splendeur?
> O ma patrie! etc.

Puisque Dieu seul est notre récompense,
Qu'il soit aussi la fin de nos travaux;
Dans cette vie un moment de souffrance,
Mérite au Ciel un éternel repos.
> O ma patrie! etc.

N° 8.

Esprit saint, comblez nos vœux,
  Embrasez nos âmes
  Des plus vives flammes;
Esprit saint, comblez nos vœux,
  Embrasez nos âmes
  De vos plus doux feux.

Seul auteur de tous les dons,
De vous seul nous attendons
  Tout notre secours,
    Dans ces saints jours.
Esprit, etc.

Sans vous, en vain, du don des cieux,
  Les rayons précieux
    Brillent à nos yeux;
    Sans vous, notre cœur
      N'est que froideur.
Esprit, etc.

Voyez notre aveuglement,
Nos maux, notre égarement;
  Rendez-nous à vous,
    Et changez nous.
Esprit, etc.

Sur nos esprits, Dieu de bonté,
Répandez la clarté
Et la vérité :
Préparez nos cœurs
A vos faveurs.
Esprit, etc.

Donnez—nous ces purs désirs,
Ces pleurs saints, ces vrais soupirs,
Qui des grands pécheurs
Changent les cœurs.
Esprit, etc.

Donnez—nous la docilité,
Le don de pureté
Et de piété,
L'esprit de candeur
Et de douceur.
Esprit, etc.

Étouffez notre tiédeur,
Réchauffez notre ferveur,
Rassurez nos pas
Dans nos combats.
Esprit, etc.

Sanctifiez nos jours naissants,
Et nos jours florissants,
Et nos derniers ans :
Que tous nos instants
Soient innocents.
Esprit, etc.

No 9.

Pourquoi ces vains complots, ô princes de la terre!
Pourquoi tant d'armements divers ?
Vous vous réunissez pour déclarer la guerre
Au souverain de l'univers.
Tremblez, ennemis de sa gloire,
Tremblez, audacieux mortels ;
Il tient en ses mains la victoire,
Tombez aux pieds de ses autels.

La Religion vous appelle :
Sachez vaincre, sachez périr ;
Un chrétien doit vivre pour elle,
Pour elle un chrétien doit mourir. } *bis.*

CHOEUR.

La Religion nous appelle,
Sachons vaincre, sachons périr ;
Un chrétien doit vivre pour elle,
Pour elle un chrétien doit mourir. } *bis.*

Depuis quatre mille ans, plongé dans les ténèbres,
Assis à l'ombre de la mort,
L'univers, gémissant sous ses voiles funèbres,
Soupirait pour un meilleur sort.
Jésus paraît : à sa lumière
La nuit disparaît sans retour,
Comme on voit une ombre légère
S'enfuir devant l'astre du jour.
La Religion, etc.

Pour soumettre à ses lois tous les peuples du monde,
Il ne veut que douze pêcheurs ;
Et pour éterniser le royaume qu'il fonde,
Il en fait ses ambassadeurs.
Nouveaux guerriers, prenez la foudre,
Allez conquérir l'univers,
Frappez, brisez, mettez en poudre
L'idole d'un monde pervers.
La Religion, etc.

En vain, ô fiers tyrans ! votre main meurtrière
Fait couler leur sang à grands flots ;
Ce sang devient fécond : de leur noble poussière
S'élève un essaim de héros ;
Et courbant eux-mêmes leurs têtes,
Seigneur, sous le joug de tes lois,
Après trois siècles de tempêtes,
Les princes arborent la croix.
La Religion, etc.

Église de Jésus, doux charme de ma vie.
Et mon espoir dès le berceau,

Sainte Religion, si jamais je t'oublie,
Si tu ne me suis au tombeau,
Que jamais ma langue glacée
Ne prête de sons à ma voix,
Et que ma droite desséchée
Me punisse et venge tes droits.
La Religion, etc.

No 10.

Le monde en vain, par ses biens et ses charmes,
Veut m'engager à plier sous sa loi;
Mais, pour me vaincre, il faut bien d'autres armes,
Je ne crains rien, (*bis*.) Jésus est avec moi.　　　*bis*.

Venez, venez, fiers enfants de la terre;
Déchaînez-vous pour me remplir d'effroi:
Quand, de concert, vous me feriez la guerre,
Je ne crains rien, (*bis*.) Jésus est avec moi.　　　*bis*.

Cruel Satan, arme-toi de ta rage;
Que tes démons se liguent avec toi:
Tu ne pourras abattre mon courage,
Je ne crains rien, (*bis*.) Jésus est avec moi.　　　*bis*.

Non, non, jamais la mort la plus cruelle
Ne me fera trahir ce divin Roi:
Jusqu'au trépas je lui serai fidèle,
Je ne crains rien, (*bis*.) Jésus est avec moi.　　　*bis*.

Que les enfers, les airs, la terre et l'onde,
Conspirent tous à me remplir d'effroi;
Quand je verrais sur moi crouler le monde,
Je ne crains rien, (*bis*.) Jésus est avec moi.　　　*bis*.

Divin Jésus, mon unique espérance,
Vous pouvez tout; oui, Seigneur, je le crois:
Augmentez donc pour vous ma confiance,
Je ne crains rien, (*bis*.) Jésus est avec moi.　　　*bis*.

No 11.

Le temps de la jeunesse
Passe comme une fleur,
Hâtez-vous, le temps presse,
Donnez-vous au Seigneur ;
Tout se change en délices,
Quand on veut le servir,
Les plus grands sacrifices
Font les plus doux plaisirs.

N'attendez pas cet âge
Où les hommes n'ont plus
Ni force ni courage
Pour les grandes vertus :
C'est faire un sacrifice
Qui vous a peu coûté,
Que de quitter le vice
Lorsqu'il n'est plus goûté.

Prévenez la vieillesse,
Cette triste saison ;
Le temps de la jeunesse
Est un temps de moisson ;
Le Sauveur nous menace
D'une fatale nuit,
Où, quoi que l'homme fasse,
Il travaille sans fruit.

Que de pleurs et de larmes
Il nous coûte au trépas,
Ce monde dont les charmes
Nous trompent ici-bas !
D'agréables promesses
Il nous flatte d'abord ;
Par ses fausses caresses
Il nous donne la mort.

Eussiez-vous en partage
Du monde la faveur,
Serait-ce un avantage
Sans l'amour du Seigneur ?

Quelle folie extrême
De gagner l'univers,
Et s'exposer soi-même
Aux tourments des enfers !

Pourquoi tant vous promettre
De vivre longuement ?
Demain sera peut-être
Votre dernier instant.
Craignons que de la grâce
Dieu ne change le cours,
Qu'un autre à notre place
Ne soit mis pour toujours.

N° 12.

Mon cœur, en ce jour solennel
Il faut enfin choisir un maître ;
Balancer serait criminel,
Quand Dieu seul est digne de l'être.

C'en est donc fait, ô Dieu Sauveur, | *bis.*
A vous seul je donne mon cœur.

A qui doit-il appartenir,
Ce cœur qui vous doit l'existence,
Que vous avez daigné nourrir,
De votre immortelle substance ?   C'en est, etc.

A chercher la félicité,
Hélas ! en vain je me consume ;
Loin de vous tout est vanité,
Déplaisir, tristesse, amertume.   C'en est, etc.

Vous seul pouvez me rendre heureux ;
Je le sens, oui, votre **présence**
A pleinement comblé mes vœux
Et fixé ma longue inconstance.   C'en est, etc.

Que sont tous les biens d'ici-bas ?
Qu'ils ont peu de valeur réelle !
Tous ensemble ils ne peuvent pas
Satisfaire une âme immortelle.   C'en est, etc.

Que puis-je désirer de plus ?
Je possède mon Dieu lui-même,
Ah ! tous les biens sont superflus
Quand on jouit du bien suprême.   C'en est, etc.

Vous m'avez dit avec douceur :
Mon enfant, prends mon joug aimable
Quand on le porte avec ardeur,
   Il est léger, doux, agréable.   C'en est, etc.

No 13.

   Jour heureux, sainte allégresse,
Jésus règne dans mon cœur !
Pourquoi donc, sombre tristesse,
Viens-tu troubler mon bonheur ?
Hélas ! de mon inconstance
J'ai l'affligeant souvenir ;
Et pour ma persévérance
Je redoute l'avenir.

CHŒUR.

   Doux Sauveur de l'enfance,
   Cache-nous dans ton cœur ;
Conserve-nous la ferveur,
Et le bonheur et l'innocence :
   Conserve-nous la ferveur,
Et l'innocence et le bonheur.

   Ah ! je connais ma faiblesse,
Mes penchants impérieux,
Et la dangereuse ivresse
Que le monde offre à mes yeux.
Dans sa fureur meurtrière
Je vois l'enfer accourir :
Ah ! si tout me fait la guerre,
Ne faudra-t-il pas périr ?   Doux, etc.

   Quoi ! me dit le Dieu suprême,
Tu pourrais fuir mes autels ?
Quoi, tu briserais toi-même
Ces nœuds chers et solennels !

Contre toi tout court aux armes,
Tout conspire à t'entraîner;
Cher objet de tant de larmes,
Veux-tu donc m'abandonner?   Doux, etc.

Moi, trahir le Dieu que j'aime!
Jésus, déchirer ton cœur!
T'oublier, beauté suprême,
Outrager mon bienfaiteur!
Ton sang coule dans mes veines,
Et je pourrais te haïr!
Quoi je reprendrais mes chaînes!
Non, Seigneur, plutôt mourir!   Doux, etc.

Vierge sainte, ô tendre mère!
Je me jette entre tes bras;
Là, viens me faire la guerre,
Enfer, je ne te crains pas.
A ton nom, douce Marie,
Je sens mon cœur s'attendrir;
Qui t'invoque obtient la vie,
Qui t'aime ne peut périr.   Doux, etc.

N° 14.

Le monde, par mille artifices,
Cherche à captiver votre cœur;
Jésus, pour faire son bonheur,
Vous en demande les prémices.
A qui votre cœur, en ce jour,
Donnera-t-il la préférence?

CHOEUR.

A Jésus seul tout mon amour: } bis.
Il veut être ma récompense.

Le fidèle verse des larmes
Que compte un ami généreux;
Il fuit des plaisirs dangereux,
Sources d'éternelles alarmes.

Mais dans son cœur, sans nul retour,
Habitent la paix, l'espérance.
  A Jésus seul, etc.

Il viendra, ce jour de victoire,
Où paraîtront tous les élus
Autour du trône de Jésus,
Couronnés d'amour et de gloire.
Heureux moment, terrible jour,
Sois ma crainte et mon espérance !
  A Jésus seul, etc.

Dieu puissant, pour prix de son zèle,
Fais alors que le bon Pasteur,
Dans les plaines du vrai bonheur
Entre avec son troupeau fidèle !
Là, tous rediront tour à tour,
Transportés de reconnaissance :
  A Jésus seul, etc.

N° 15.

Venez, divin Messie,
Sauver nos jours infortunés ;
Venez, source de vie,
Venez, venez, venez.

Ah ! descendez, hâtez vos pas,
Sauvez les hommes du trépas ;
Secourez-nous, ne tardez pas :
  Venez, divin Messie,
Sauver nos jours infortunés ;
  Venez, source de vie,
  Venez, venez, venez.   Venez, divin, etc.

Ah ! désarmez votre couroux.
Nous soupirons à vos genoux ;
Seigneur, nous n'espérons qu'en vous.
  Pour nous faire la guerre,
Tous les enfers sont déchaînés ;
  Descendez sur la terre,
Venez, venez, venez,   Venez, divin, etc.

Que nos soupirs soient entendus :
Les biens que nous avons perdus
Ne nous seront-ils pas rendus ?
  Voyez couler nos larmes :
Grand Dieu, si vous nous pardonnez,
  Nous n'aurons plus d'alarmes ;
  Venez, venez, venez.   Venez, divin, etc

Si vous venez en ces bas lieux,
Nous vous verrons victorieux,
Fermer l'enfer, ouvrir les cieux ;
  Nous l'espérons sans cesse ;
Les cieux nous furent destinés :
  Tenez votre promesse,
  Venez, venez, venez.   Venez, divin, etc.

Ah, puissions-nous chanter un jour,
Dans votre bienheureuse cour,
Et votre gloire et votre amour !
  C'est là l'heureux partage
De ceux que vous prédestinez :
  Donnez-nous-en le gage,
  Venez, venez, venez.   Venez, divin, etc.

Nº 16.

Dans cette étable,
Que Jésus est charmant !
  Qu'il est aimable,
Dans son abaissement !
Que d'attraits à la fois !
Tous les palais des rois
N'ont rien de comparable
Aux beautés que je vois
  Dans cette étable.

Que sa puissance
Paraît bien en ce jour,
  Malgré l'enfance
Où le réduit l'amour !
L'esclave racheté,

Et tout l'enfer dompté,
Font voir qu'à sa naissance
Rien n'est si redouté
   Que sa puissance.

   Heureux mystère !
Jésus souffrant pour nous,
   D'un Dieu sévère
Apaise le couroux.
Pour sauver le pécheur,
Il naît dans la douleur,
Et sa bonté de père
Eclipse sa grandeur.
   Heureux mystère !

   S'il est sensible,
Ce n'est qu'à nos malheurs ;
   Le froid horrible
Ne cause point ses pleurs.
Après tant de bienfaits,
Que notre cœur, aux traits
D'un amour si visible
Doit céder désormais,
   S'il est sensible !

   Que je vous aime !
Peut-on voir vos appas,
   Beauté suprême,
Et ne vous aimer pas ?
Puissant Maître des cieux,
Brûlez-moi de ces feux
Dont vous brûlez vous-même :
Ce sont là tous mes vœux,
   Que je vous aime !

No 17.

Le Fils du roi de gloire
Est descendu des cieux ;
Que nos chants de victoire
Résonnent dans ces lieux !

Il dompte les enfers,
Il calme nos alarmes,
Il tire l'univers
    Des fers,
  Et pour jamais
   Lui rend la paix;
Ne versons plus de larmes.

L'amour seul l'a fait naître
Pour le salut de tous :
Il fait par là connaître
Ce qu'il attend de nous.
Un cœur brûlant d'amour
Est le plus bel hommage;
Faisons-lui tour à tour
    La cour;
  Dès aujourd'hui
   N'aimons que lui;
Qu'il soit notre partage.

Vains honneurs de la terre,
Je veux vous oublier;
Le maître du tonnerre
Vient de s'humilier.
De vos trompeurs appas
Je saurai me défendre.
Allez, n'arrêtez pas
    Mes pas :
  Monde flatteur,
  Monde enchanteur,
Je ne veux plus t'entendre.

Régnez seul en mon âme,
O mon divin époux !
N'y souffrez point de flamme
Qui ne s'adresse à vous.
Que voit-on dans ces lieux,
Que misère et bassesse !
Je ne porte mes yeux
    Qu'aux cieux.
  A votre loi,
  Céleste roi,
J'obéirai sans cesse.

N° 18.

Amour, honneur, louanges
Au Dieu Sauveur dans son berceau;
    Chantons avec les Anges
    Un cantique nouveau.

Si cet enfant verse des pleurs,
C'est pour attendrir les pécheurs
Et mettre fin à nos malheurs.
    Chargé de notre offense,
Il calme le courroux des Cieux!
    La paix, par sa naissance,
    Va régner en tous lieux.   Amour, etc.

Si notre cœur est dans l'ennui,
Nous ne devons chercher qu'en lui
Et notre force et notre appui.
    Loin de nous les alarmes,
Le trouble et les soucis fâcheux,
    Un jour si plein de charmes
    Doit combler tous nos vœux.   Amour, etc.

Quand il nous voit près de périr,
Pour nous lui-même il veut souffrir
Et par sa mort vient nous guérir.
    A l'ardeur qui le presse
Joignons nos généreux efforts,
    Et que de sa tendresse,
    Tout suive les transports.   Amour, etc.

Ne craignons plus le noir séjour;
Ce Dieu qui naît pour notre amour
Nous ouvre la céleste cour :
    Le démon plein de rage
A beau frémir dans les enfers;
    De son dur esclavage
    Nous briserons les fers.   Amour, etc.

Par son immense charité,
Il rend à l'homme racheté
Le droit à l'immortalité :

Sous son heureux empire
Les biens seront toujours parfaits;
Heureux qui ne soupire
Qu'après ses doux attraits.   Amour, etc.

Nᵒ 19.

Bénissons à jamais
Le Seigneur dans ses bienfaits.   { bis.

Bénissez-le, saints Anges,
Louez sa majesté;
Rendéz à sa bonté
Mille et mille louanges.
   Bénissons, etc,

Oh! que c'est un bon Père,
Qu'il a grand soin de nous!
Il nous supporte tous,
Malgré notre misère.
   Bénissons, etc.

Comme un pasteur fidèle,
Sans craindre le travail,
Il ramène au bercail,
Une brebis rebelle.
   Bénissons, etc.

Il a guéri mon âme,
Comme un bon médecin;
Comme un maître divin,
Il m'éclaire et m'enflamme.
   Bénissons, etc.

Que tout loue en ma place
Un Dieu si plein d'amour,
Qui me fait chaque jour
Une nouvelle grâce.
   Bénissons, etc.

Sa bonté me supporte,
Sa lumière m'instruit,

Sa beauté me ravit,
Son amour me transporte.
Bénissons, etc.

Dieu seul est ma tendresse,
Dieu seul est mon soutien,
Dieu seul est tout mon bien,
Ma vie et ma richesse.
Bénissons, etc.

Nº 20.

Triomphez, Reine des cieux,
A vous bénir que tout s'empresse :
Triomphez, reine des cieux,
Dans tout les temps, dans tous les lieux.

Que l'amour nous prête,
En ce jour de fête,
Que l'amour nous prête
Ses plus doux accords;
Et que notre voix s'apprête
A seconder ses efforts.   Triomphez, etc.

Célébrons en ce saint jour
Les vertus de l'humble Marie;
Célébrons en ce saint jour
Et ses bienfaits et son amour.
Sans cesse enrichie,
Jeunesse chérie,
Sans cesse enrichie
Des plus heureux dons,
C'est de la main de Marie,
Enfants, que nous les tenons.   Triomphez, etc.

Qu'à jamais de ses faveurs
Nos chants rappellent la mémoire,
Qu'à jamais de ses faveurs
Le souvenir charme nos cœurs.
Le ciel et la terre,
Ravis de lui plaire,

Le ciel et la terre
Chantent ses appas.
Vos enfants, ô tendre Mère,
Ne vous béniront-ils pas ?   Triomphez, etc.

Achevez notre bonheur,
Retracez en nous votre image ;
Achevez notre bonheur,
Et portez-nous dans votre cœur.
Guidez de l'enfance,
Par votre puissance,
Guidez de l'enfance,
Les pas chancelants,
Et que l'aimable innocence
Couronne nos derniers ans !   Triomphez, etc.

N° 21.

Quelle est cette aurore nouvelle,
Dont le lever est si pompeux ?
Qu'elle est brillante, qu'elle est belle !
Est-il d'astre plus radieux ?
Repliant tes voiles funèbres,
Trop longue nuit, rentre aux enfers,
Et de l'empire des ténèbres
Délivre enfin cet univers.   } *bis.*

Au milieu d'une race impure,
Ton cœur, Marie, est innocent,
Et tu te montres sans souillure
Aux yeux ravis d'étonnement ;
Tel parmi de tristes ruines
S'élève un temple somptueux ;
Ou tel du milieu des épines
S'élance un lis majestueux.   } *bis.*

Du haut des cieux, Vierge puissante,
Laisse-toi toucher de nos maux :
Hélas ! d'une chaîne pesante
Nous traînons les tristes anneaux !

A vivre au milieu des alarmes
Sommes-nous toujours destinés ?
A nous nourrir d'un pain de larmes
Le ciel nous a-t-il condamnés ?   } bis.

Souviens-toi que, brisant la tête
Du plus cruel de nos tyrans,
L'univers devient ta conquête,
Et nous devenons tes enfants.
Jésus t'a mise sur le trône
Afin de conjurer ses coups ;
Si ton amour nous abandonne,
Qui pourra le fléchir pour nous ?   } bis.

No 22.

Unis aux concerts des Anges,
Aimable reine des cieux,
Nous célébrons tes louanges,
Par nos chants mélodieux.

De Marie
Qu'on publie
Et la gloire et les grandeurs ;
Qu'on l'honore,
Qu'on l'implore,
Qu'elle règne sur nos cœurs.

Auprès d'elle la nature
Est sans grâce et sans beauté,
Les cieux perdent leur parure,
L'astre du jour sa clarté.
De Marie, etc.

C'est la Vierge incomparable,
Gloire et salut d'Israël ;
Qui pour un monde coupable
Fléchit le courroux du ciel.
De Marie,

Pour tout dire, c'est Marie !
Dans ce nom que de douceur !

Nom d'une mère chérie,
Nom, doux espoir du pécheur !
De Marie, etc.

Ah ! vous seul pouvez le dire,
Mortels qui l'avez goûté,
Combien doux est son empire,
Combien tendre est sa bonté.
De Marie, etc.

Nº 23.

Je mets ma confiance,
Vierge en votre secours :
Servez-moi de défense,
Prenez soin de mes jours :
Et quand ma dernière heure
Viendra fixer mon sort,
Obtenez que je meure
De la plus sainte mort.   } bis.

A votre bienveillance,
O Vierge, j'ai recours ;
Soyez mon assistance
En tous lieux et toujours ;
Vous êtes notre Mère,
Jésus est votre Fils ;
Portez-lui la prière
De vos enfants chéris.   } bis.

A dessein de vous plaire,
O Reine de mon cœur,
Je promets ne rien faire
Qui blesse votre honneur.
Je veux que, par hommage,
Ceux qui me sont sujets,
En tout lieu, à tout âge,
Prennent vos intérêts.   } bis.

Voyez couler mes larmes,
Mère du bel amour,
Finissez mes alarmes
Dans ce triste séjour ;

Venez rompre mes chaînes,
Je veux aller à vous :
Aimable Souveraine,
Régnez, régnez sur nous. } *bis.*

N° 24.

Sion, de ta mélodie
Cesse les divins accords ;
Laisse-nous près de Marie
Faire éclater nos transports.

La reine que tu révères,
Le digne objet de tes chants,
Apprends qu'elle est notre mère,
Et fais place à ses enfants.

Mais comment, dans cette enceinte,
Percer les voûtes des cieux ?
Descends plutôt, Vierge sainte,
Et viens régner en ces lieux.

Viens d'un exil trop sévère
Adoucir les longs tourments :
Ta présence, auguste mère,
Sera chère à tes enfants.

Pour toi nous sentons nos âmes
Brûler, en ce divin jour,
Des plus innocentes flammes
Du plus généreux amour.

Ah ! puissions-nous à te plaire
Consacrer tous nos instants,
Et prouver à notre mère
Que nous sommes ses enfants !

Sur tes autels, ô Marie !
Tous, d'une commune voix,
Nous jurons toute la vie
D'être soumis à tes lois.

De notre hommage sincère
Puissent ces faibles garants
Flatter notre tendre mère !
C'est le vœu de ses enfants.

N° 25.

Reine des cieux, ô divine Marie!
Qu'il nous est doux de chanter vos faveurs!
Heureux celui qui consacre sa vie
A vous bénir, à vous gagner des cœurs!   *bis.*

Que de bienfaits, que de grâces touchantes
Vous répandez sur vos enfants chéris!
Tous sont aimés; les âmes repentantes,
Vous les nommez vos fidèles amis.   *bis.*

Juste, bénis ta bienfaisante mère,
Qui t'embellit de toutes les vertus,
Qui t'inspira le désir de lui plaire,
Et te guida dans l'amour de Jésus.   *bis.*

Oui, tu dois tout à cet amour si tendre
Qui garantit et sauva ton berceau.
Marie a su chaque jour te le rendre
Comme un présent, comme un bienfait nouveau. *bis.*

Et toi, pécheur, trop coupable victime,
Hélas! souillé de mille égarements,
Qui te retint sur le bord de l'abîme?
Qui différa tes horribles tourments?   *bis*

Ingrat, peux-tu long-temps la méconnaître,
La main d'où part un bienfait aussi doux?
Marie osa de son souverain maître
Jusqu'à ce jour suspendre le courroux.   *bis.*

Ah! vois pour toi ces yeux baignés de larmes,
Et de son cœur compte chaque soupir;
Sa voix touchante et si pleine de charmes,
De ton retour exprime le désir.   *bis.*

Vole en ses bras, elle est encor ta mère;
Prête l'oreille à ses tristes accents :
« Fils bien-aimé, de ta douleur amère
» Viens dans mon sein calmer les mouvements.   *bis.*

» Tu m'as coûté tout le sang de mes veines,
» Quand je devins mère de ton Sauveur :
» J'ai tant souffert! ah! pour prix de mes peines,
» Accorde-moi l'empire de ton cœur. »   *bis.*

RETOUR DU PÉCHEUR.

Tendre Marie, à cette âme rebelle
Quand vous offrez une telle bonté,
Qui peut encor demeurer infidèle?
Ah! je reviens au Dieu que j'ai quitté.   *bis.*

Il en est temps, aimable protectrice,
Ouvrez pour moi ce cœur si plein d'amour.
De votre Fils apaisez la justice;
Je me consacre à Jésus sans retour.   *bis.*

N° 26.

Je veux célébrer, par mes louanges,
La gloire de la reine des cieux,
Et m'unissant au concert des anges,
Je m'engage à la chanter comme eux.
    Je m'engage, etc.

Sur vos pas, ô divine Marie!
Plus heureux qu'à la suite des rois,
Dès ce jour, et pour toute ma vie,
Je m'engage à vivre sous vos lois.
    Je m'engage, etc.

Si, du monde écoutant le langage,
Du plaisir j'ai cherché les attraits,
A vous posséder seule en partage
Je m'engage aujourd'hui pour jamais.
    Je m'engage, etc.

Admire ton bonheur, ô mon âme!
Le ciel même en doit être jaloux,
Puisqu'en suivant l'ardeur qui t'enflamme,
Tu t'engages aux devoirs les plus doux.
    Tu t'engages, etc.

Par un culte constant et sincère ;
Par un vif et généreux amour,
A servir, à chérir une mère,
Tu t'engages aujourd'hui sans retour.
    Tu t'engages, etc.

Mais si tu veux lui marquer ton zèle
Et participer à son bonheur,
Il faut qu'à suivre en tout ce modèle
Tu t'engages et d'esprit et de cœur.
    Tu t'engages, etc.

Mère sensible et compatissante,
Soutiens, au milieu des combats,
Les efforts d'une âme pénitente,
Qui s'engage à marcher sur tes pas.
    Qui s'engage, etc.

Tu n'es plus qu'une terre étrangère
Pour moi, monde volage et trompeur :
Je ne veux plus servir qu'une mère
Qui s'engage à faire mon bonheur.
    Qui s'engage, etc.

Unissez vos voix, peuple fidèle,
Aux accords des esprits bienheureux,
Pour chanter les louanges de celle
Qui s'engage à combler tous nos vœux.
    Qui s'engage, etc.

N° 27.

Je vous salue, auguste et sainte reine,
Dont la beauté ravit les immortels ;
Mère de grâce, aimable souveraine,
Je me prosterne aux pieds de vos autels.   *bis.*

Je vous salue, ô divine Marie !
Vous méritez l'hommage de nos cœurs ;
Après Jésus, vous êtes et la vie,
Et le refuge, et l'espoir des pécheurs.   *bis.*

Fils malheureux d'une coupable mère,
Bannis du ciel, les yeux baignés de pleurs,
Nous vous faisons, de ce lieu de misère,
Par nos soupirs entendre nos douleurs.   *bis.*

Ecoutez-nous, puissante protectrice;
Tournez sur nous vos yeux compatissants,
Et montrez-nous qu'à nos malheurs propice,
Du haut des cieux vous aimez vos enfants.   *bis.*

O douce, ô tendre, ô pieuse Marie !
Vous dont Jésus, mon Dieu, reçut le jour,
Faites qu'après l'exil de cette vie
Nous le voyions dans l'éternel séjour.   *bis.*

N° 28.

Cœur sacré de Marie,
Cœur tout brûlant d'amour,
Cœur que la terre envie
Au céleste séjour,
Communique à nos âmes
Un rayon de ce feu,
De ces divines flammes
Dont tu brûles pour Dieu.
Jurons tous à Marie

En ce jour
Un amour   } *ter.*
Sans retour.

Sanctuaire ineffable
Où reposa Jésus,
O source intarissable
De toutes les vertus !
Percé sur le Calvaire
D'un glaive de douleurs,
Tu ne vois sur la terre
Que mépris, que froideurs.

Cœur tendre, cœur aimable,
Des pécheurs le secours,
Leur malice exécrable
Te perce tous les jours.

Ah! puissent nos hommages
Réparer aujourd'hui
Tant de sanglants outrages
Qu'on te fait à l'envi !

Montre-toi notre mère :
De tes enfants chéris
Reçois l'humble prière
Pour l'offrir à ton fils.
Conduis-nous sous ton aile
Jusqu'au cœur de Jésus :
Une mère peut-elle
Essuyer un refus ?

N° 29.

Dans nos concerts,
Bénissons le nom de Marie ;
Dans nos concerts,
Consacrons-lui nos chants divers.
Que tout l'annonce et le publie,
Et que jamais on ne l'oublie
Dans nos concerts.

Qu'un nom si doux
Est consolant ! qu'il est aimable !
Qu'un nom si doux
Doit avoir de charmes pour nous !
Après Jésus, nom adorable,
Fût-il rien de plus délectable
Qu'un nom si doux ?

Ce nom sacré
Est digne de tout notre hommage ;
Ce nom sacré
Doit être partout honoré.
Qu'il puisse toujours, d'âge en âge,
Être révéré davantage,
Ce nom sacré !

Nom glorieux,
Que tout respecte ta puissance !

Nom glorieux,
Et sur la terre et dans les cieux !
De Dieu tu calmes la vengeance,
Tu nous assures sa clémence,
Nom glorieux.

Par ton secours,
L'âme, à son Dieu toujours fidèle,
Par ton secours,
Dans la vertu coule ses jours.
Sa ferveur, son amour, son zèle,
Se nourrit et se renouvelle
Par ton secours.

N° 30.

Pleins de ferveur,
Brûlons sans cesse,   } bis.
Pleins de ferveur,
Pour le Seigneur.

A n'aimer que lui tout nous presse,
Lui seul mérite notre cœur. Pleins, etc.

Lui seul est grand,
Seul adorable ;   } bis.
Lui seul est grand,
Saint, tout-puissant.

Ah ! qu'il est beau, qu'il est aimable,
En lui que tout est ravissant ! Lui seul, etc.

Plein de bonté
Pour un coupable,   } bis.
Plein de bonté,
De charité.

Ce Dieu, dans son sang adorable,
A lavé mon iniquité. Plein, etc.

Ce n'est qu'à vous
Que je veux être,   } bis.
Ce n'est qu'à vous,
O Dieu si doux !

Possédez seul, aimable Maître,
Un cœur dont vous êtes jaloux. Ce n'est, etc.

C'est mon désir,
Dieu de mon âme,
C'est mon désir
De vous servir. } *bis.*

De plus en plus que je m'enflamme,
Que d'amour je puisse mourir. C'est, etc.

Clermont-Ferrand, typ. de PEROL.

www.ingramcontent.com/pod-product-compliance
Lightning Source LLC
Chambersburg PA
CBHW060856180626
46818CB00004B/1724